시간에는 나사가 있다

김규성 시집

시간에는 나사가 있다

달아실 시선
20

달아실

일러두기

1. 본문에서 하단의 〉는 '단락 공백 기호'로 다음 쪽에서 한 연이 새로 시작한다는 표시이다.
2. 본문의 맞춤법은 시인의 의도에 따른 것임.

그동안 발표한 500여 편의 시 중 일부를 골라
또 한 권의 시집을 엮는다.

자기 검열의 결벽을 넘어서지 못한
'나만의 시'에 대한 욕심은 또 다음으로 미룬다.

그래도 사랑하는 사람이 먼저
그리고 맨 나중에 읽어주면 좋겠다.

2019년 11월
김규성

차례

시간에는 나사가 있다

4부

1부

백아산

정상은 아직도 멀었다

앞을 보면 아찔한 수직인데
칸칸의 나무계단은 아늑한 수평이다

앉으면 의자가 되고, 일어서면
곧장 길이 된다

분신화음

　깨진 조각으로 제 몸을 치면 종은 가장 깊고 맑은 소리를 낸다. 연주회 자막에서 분신화음이라는 말을 엿보며 섬뜩했다. 오케스트라의 악기 하나하나마다 분업을 통해 일체를 이루는 데 그 걸 분신分身이라고 하다니! 문득 나와 당신이 방금 나눈 사랑한다는 속엣말도 우주의 분신화음이라 생각하니 가슴이 뛰고 황홀하다. 실은 분산화음分散和音을 잘 못 읽은 터였지만 그 오독이 오히려 고마웠다. 분산分散하지 않은 분신分身이 볼수록 눈부시다.

화순 고인돌

죽은 듯 엎드린 오직 하나의 구분동작으로
몇 천 년을 끄떡없이 연명해오다니

살아 있어도
차마 그 이름을 들키지 않는 시간이

죽음을 깔고 누워
유유히 삶을 되새김질하고 있다

기억

사랑은 어디서 오는가
생은 어디서 왔다가 어디로 가는가
그 걸 말해주려고
물 불 흙의 뼈와 살을 어루만지며
바람은 저리 부는 것이다

풀빵

사흘 굶으면 이웃의 담을 넘지 않은 이 없다고 했던
가. 나는 꼬박 이틀은 굶어 보았다. 이틀만 굶어 보았
기에 사흘 굶으면 이웃집 담을 넘는지는 알 수 없다.
그때 나는 굶주린 몸으로 학교에 가겠다고 떼를 썼다.
형은 호주머니에서 꼬깃꼬깃 깊은 숨 몰아쉬는 오십
원을 꺼내주고 다시 배를 깔고 누웠다. 그 돈으로 나는
풀빵을 사먹고 이십 리 길 학교에 갔다. 형보다 세 살
적은 그러니까 내가 열한 살 때였다. 그렇게 황홀한 풀
빵 두 개로 내 굶주림의 기록은 깨졌지만 형은 마저 하
루를 더 굶어 마침내 사흘을 채웠다. 그러나 차마 이웃
집 담을 넘지는 못했다. 그 후 형은 그 주린 배를 채우
려 자본주의 일엽편주에 이명과 만성피로증후군을 태
우고 한겨울 망망대해를 항해했다. 그러다 이윽고 작
달비 만나*처럼 쏟아지는 새벽 지친 몸을 고층아파트
허공에 실었다. 그런데 그 직전, 형은 밥을 평소보다
곱절이나 더 먹었다고 한다. 끝내 이웃집 담을 넘지 않
기 위해서였을까. 아니면 낯선 저승길이나마 배불리
가려는 오랜 준비였을까. 오늘은 형 제삿날, 여전히 비
는 쏟아지는데 아직도 풀빵은 내 뱃속을 맴돌고 형과

그런 형을 보낸 내가 미처 넘지 못한 세상의 담은 갈수
록 높기만 하다.

* 만나(manna): 이스라엘 백성이 이집트를 탈출하여 가나안 땅을 향해 가던 중
  광야에서 하느님께서 내려 주신 생명의 양식.

허무虛舞

─오늘따라 빗방울의 추락이 황홀하다 내리는 곳곳마다
    제자리인 듯 새 몸속으로 스미어드는

허虛의 심연에 이르기 위해서는 추락의 거리와 통절痛切의 상처가 필요하다고 들었다. 허나 거기서 부터가 중요했다. 벌거벗은 주어의 토씨 하나까지도 다 잃어야 했다 잃어 버려야 했다. 천길 벼랑 끝에서 허공에 발 내딛지 않고도 허虛에 이를 수 있다지만 비우고 나서도 비운 사실조차 없어야 했다. 그것을 허虛의 마지막 의식儀式이 끝나기 전, 진물 곤한 상처가 아물기도 전에 벌써 채우려들다니. 무無에 전입신고도 않은 채 몸짓만 극과 극을 오락가락하는 허虛의 상처는 혹독했다. 멀리 갔다 온 괘종시계일수록 반동의 메아리가 소란했다. 그랬다 세상에서 가장 깊고 아름다운 춤을 위해 허虛와 무無는 꼬옥 짝해야 했다. 허무虛無 그 천혜의 자궁에서 비로소 나투는 감미롭고 뜨거운 춤사위, 허무虛舞야말로 생의 첫 율동이었다.

녹차

  가을이라고 박수 치다보니 벌써 겨울의 손바닥이 얼얼하다
  시간은 어제의 타동사로만 검은 등을 드러낼 뿐
  내일의 사막을 배회하는 백야의 모래바람과 쌍둥이다
  내 사랑은 멀고 먼 서쪽 바다 노을과 눈부신 순간의 그림자놀이 여행을 하고
  나는 극동의 빈들에서 내 영원의 가슴 속 투명한 해저를 여행한다
  내 사랑은 지친 시간의 잔주름을 펴는 동안 나는 낡은 책장의 먼지를 턴다
  내가 소쇄원 대숲 사이 차 잎의 윤슬을 모아 한 모금 차를 끓이는 동안
  백 년 전 화가는 깊고 고요한 무등의 악보를 그린다
  불현듯 백년 후 새벽 입김 푸르다

꽃잠

꽃잠이라고 했다 꽃들의 잠? 아니 꽃처럼 고운 잠? 허나 꽃은 온몸을 활짝 뜨고 눈부시게 살 떨려 깨어있는 것, 아마도 신혼의 꿀잠만한 한 열흘 설렘이 맞을, 국어사전에도 잘 띄지 않는 순우리말이 혀 끝에서 감칠수록 달다 요새 그 꽃잠을 자주 들킨다 헤아릴 수조차 없는 막幕 중의 섬광 같은 이승을 순간 포착하려는 어여쁜 수작이라고나 할, 아주 죽음에 이르러서야 아, 꽃잠 한 숨 잘 잤다고 잘 익은 꽃 향기처럼 화들짝 눈 비벼낼 것만 같은, 그래! 누군가 너무 쉽사리 못 박아 놓은 고해苦海가 꽃잠이라면 이왕 꽃 중의 꽃으로 아름답고 알큰한 꿈이나 꾸자구나 사랑이여, 시방 잠꼬대를 꽃말처럼 바지런히 받아 적는가

무등산 2

올라올 때는 여러 갈래였는데

정상에서는 단 하나의 길뿐이네

내려가야만 하는 길

줄탁 2

　시골 버스 안, 아기는 거푸 옹알이를 하고 엄마는 설익은 몽골반점을 북채 삼아 어이구 잘하네 어이구 잘하네 덩달은다 아예 때 묻지 않은 우주의 모국어에 입 맞춰 혼신을 다하는 고수가 빚어내는 절창이 공짜라니! 그때마다 온몸이 입술로 달아오른 버스도 퇴행성 관절염의 궁상각치우를 들썩들썩 한다 나도 저 고수의 숨 가쁜 장단 좇아 아무 두려움 모르고 낯선 무대의 첫발을 내딛었었지 그런데 어느새 북채도 없이 고수일 때가 있다 형 죽고 나서 지상에서 가장 낮은 음으로 이승과 저승의 경계를 옹알이 하시는 어머니, 모처럼 외식이라도 할 때면 나는 어머니의 맷돌 같은 틀니 새에 어처구니로 숨어들어 저승을 한 바퀴 돌아오듯 오랜 추임새를 하는 것이다 오매 울 엄니 한 그릇 다 드시네 오매 울 엄니 한 그릇 다 드셨네

빈집

마을에는 좀처럼 빈집이 없었다. 어쩌다 비우는, 외딴 어귀 상엿집이 있었는데 사람들은 대낮에도 가까이 가지 않았다. 오얏골 쑤꾸지양반이 복어 먹고 죽은 날, 마을에서는 밤새 상여 놀리는 소리 들리고 모처럼 빈집이 생겼다. 떠돌이 벙어리 거지 내외도 모처럼 포식을 하고 모처럼 신방을 독차지 하게 되었다. 두렵지 않았다. 최고의 밤, 아무리 소리를 질러도 저만치서 상엿소리가 묻어주었다.

귀가

퇴근 길 방문을 열고 들어서니
캄캄하고 춥고 너무 조용하다 그런데
졸졸 소리가 난다
아침에 화장실 수도꼭지를 틀어놓고는
그만 깜빡한 것
부랴부랴 달려가 잠그려다 말고
한참 우두커니 서 있었다
기특하고 고맙다
겹겹이나 닫힌 어둠 속에서
종일 홀로 목청을 켜고 기다려주다니
아무렴 누군가 집을 허락하였으면
어찌 달랑 빈집만 주시겠느냐
내 건망증을 시켜
너에게 나를 마중토록 하신 것
물 값 걱정쯤 잠시 놓아둔다고 해서
누가 우리를 탓하랴
어서 졸졸졸 이야기나 마저 하자구나

2부

나사

나사는
오른쪽으로 돌리면 잠기고
너무 조이면 고장 나고 만다

그것을 풀려면
한사코 왼쪽으로 돌려야 한다

시계의 태엽도
왼쪽으로 풀리며 돌듯이

겨울 팽목항

자꾸만 달아나기 시작한 하늘은
304보步나 더 멀어졌다
바다는 파도 대신 멈추어버린 세월을 삼키고
내 사랑은
선착장의 빈 말뚝처럼 울었다
숨 멎을 듯 달려온 길이
뒷걸음치기 위한
기껏 슬픈 반역의 시간이었다니
바다 향해 고개를 떨군
투명한 허공과 마주하느니
차라리 짙은 안개나 저녁노을이 나았다
그러나 성난 해조음으로 씻은
변방의 팽팽한 목울대는
누구도 건드릴 수 없는
귀 밝은 신의 시한폭탄이었다

귀향일기

대개는 객지에서 밀려난 백수들이
할 수 없이 부르튼 발길을 되돌리는 것이
이를테면 허울 좋은 귀향이다
내 고향은 영광 백수
나는 아직도 몸은 백리 밖에 묶어두고
영광스럽게도 그 이름만 백수로 돌아왔다
이 눈치 저 눈치에 지치면
아내가 하는 일거리를 거든다고 설치다가
걸핏하면 퉁사리를 먹기 일쑤였다
명색이 백호白虎의 기운을 타고난
백수의 왕이 그 모양이었다
그런데 지금은 그래도 어엿한 직장인
이름 하여 간병인이다 어머니가
사십구일 째 중환자실에 칩거 중이셔서
나는 아내도 누이도 조카들도 다 내쫓고
호랑이처럼 어머니 곁을 지킨다
행여 이 자리를 빼앗길까 두려워서다
하여, 어머니가 오래 사셔야
나도 그만큼 떳떳이 자리보전할 터인데

머리가 하얀 밤은
법성포 토정*에도 도무지 취하지 않고
내 고향은 영광 백수다

* 영광 법성포에서 내리는 소주로 60도나 되는 독주다.

달동네 2

겨우 다섯 살 또래의 아이가
어깨춤만큼의 동생과 발을 맞춰서
이름도 모를 과자를 사 간다

구멍가게 주인이
돈 받는 것도 잊고 웃고만 있다

우편배달부도
바쁜 길을 묶어두고
한참 뒤돌아보며 피곤을 씻는다

저렇게
손에 손을 꼭 쥐고 가는 모습은
볼수록 사람이 가장 아름답다

픔

픔이라는 소리
이 땅에서
배고픔
슬픔
아픔의 뿌리는 무엇일까 그것은
뜻이 아니다
안에서
안에서 솟구치는
말 이전의
다만 소리다

보릿고개

시오리 길 학교에 갔다 오니 밥이 없었다

우리 형제가 먹을 점심
이웃집 아이가 몽땅 몰래 먹어치운 것이었다

어머니는
우리에게 한사코 입단속을 이르시고는

다음날도 눈에 잘 띄게
부뚜막에 한 그릇 고봉밥을 담아 놓으셨다

함박눈

악기 하나 씩 물고 새들이 내려온다

맨 처음 한 마리 너는
지상의 가장 낮은 자리에 얼른
'도' 하고 앉는다

종

종은
때리지 않으면 울지 않는다
저 상처가 맨살인 것들

온몸이 울음보인
목울대 피멍은 행여 건들지 마라

너희를 종이라고 만들어 놓고
거꾸로 종이 된

그 절망은 더 울리지 마라

법성포

소 돼지가 도축장을 먹여 살리듯이
줄줄이 엮인 굴비가
저 포구를 오늘까지 이끌어 왔다
역사는
목숨을 담보로
피해자가 가해자를 먹여 살리며
그 이름까지 길이 빛내주는 것이라고

안개

첫새벽 안개 아득하다 그러나
안개는 청명을 품고는 자꾸만 간지러워서
풀숲과 강에 제 몸을 비비려
아래로 아래로 내려오는 것이다 그러니
불안해하지 말자 태양은
쉴 새 없이도 내리쬐지만 안개는
이내 그치고 말지니
태양은 칠흑의 밤이 낳듯이
안개도 어서 청명을 낳고 싶은 거다

아름다운 시

게슈타포는 아우슈비츠에서 퇴근하자마자
제일 먼저 꽃병의 물을 갈고는
브람스를 듣고 눈물을 흘리며
하이네의 연시戀詩를 읊었다 그리고
다음날 더 많은 목숨을 가스실로 보냈다

간병일기 1

품, 품는다는 말
어미가 우주를 온몸으로 감싸는 품
나도 그 품에서
알토란지게 태어나 자랐다 그러나
이제 품 밖의 타인이 되어
그 품을 끌어안다가
채 품지 못하고
뼈만 남은 품에 쓰러져 운다
어머니를 품는 것은 우주를 품는
어마어마한 사실을 몰랐다
품은 언어가 아니다
어미가 알을 품는 최적의 온도
우주의 체온이다

간병일기 2

돌이켜 보면
가진 것 중 말의 낭비가 가장 많았다
지키지 못한 첫사랑과의
그 달콤한 은유보따리부터 시작해
사랑한다는 말도
사랑의 서너 배는 더 한 것 같다
별 볼일 없는 제 자랑이며
남 말에는 또 얼마나 침이 튀었는가
심호흡으로 연명하시는
어머니 머리맡에 쭈그리고 앉아
저 호흡 하나에도 채 미치지 못하는
부질없는 말들이 부끄러워서
숨죽여 울다보니 어느새
울음 속에도 말의 거품이 끼어있다

3부

시간에는 나사가 있다

나사를 조인다
나를 조인다
너에게로 가는 길을 조인다
평지일수록 가파른
너와 나의 등고선
나사를 조이는 것은
벼랑 끝에서 외줄처럼
너를 껴안는 것
꼭 안은 채로
너를 꽃으로만 보는 것
오늘도
천지의 나사를 조인 후
새보다 먼저 일어나
해를 맞는다

노루목적벽

물러날 곳이라곤 없는 네가
자꾸만 제자리서 주춤거리는 게 안타까워

더는 걸음을 떼지 못하겠다

어쩌냐 나는
걸어온 길 끊어, 버리며 왔다

김삿갓

뜬구름에 모자 하나 씌워놓고
아직도 벗기지 못한 입들만 무성하다
구름은 어디 있는가
죄는 또 어디 있는가
속이 빈 지팡이만
길마다 이정표로 꽂혀있을 뿐

결

물 맑아 물결 고와라 숨결 고르니 덩달아 잠결도 고
와라 깊은 밤 어머니 다듬이소리 결 좇아 繡繡를 놓던
누이의 순결한 손길처럼 백결은 괜한 이름이 아니었네
백 번 꿰맨 누더기라도 안의 결 고와서 눈 시리게 하얀
결 이룰 수 있었네

나는 해의 뒤도 그렇다고 그림자의 앞도 아닌 채 대
낮의 결을 놓치고 난 한밤이면 벌을 서듯 꿈결이 너덜
너덜 너풀거려 잠을 설쳐야했네 엉겁결에 애초의 마음
결을 놓친 탓으로 길의 결을 잃고 아득한 길 되감지도
풀지도 못한 채 헝클어진 고속도로와 횡단보도 사이
를 엉거주춤 했네

나는 길의 중심에 심 박힌 생의 결사結社를 잊고 걸
핏하면 외따로 길섶에서 녹슨 시간의 결에만 결사적決
死的이었네 그리고 시방 제동거리도 없는 내리막을 얼
떨결에 다시 눈 비비며 걸음걸음 결마다 도무지 결판
이 나지 않아 아직도 딴 짓처럼 미끄러지고 있네

선암매

너는 치명적인 실수를 했다
내가 네 태초의 한 마디에 취해
지상 첫 소식을 바치려는 순간
너는 사방의 시선을 불러 모아서는
산산이 흩어지고 말았다

구수산

이제 외롭다는 말은 취소한다
사랑아,
너 없이도 여기까지 홀로 와서
적멸寂滅의 벼랑
줄기뿐인 억새와 함께 우뚝 섰다

칠산바다

통유리 창에 겨울 바다가 툇마루로 깔렸다
멀리 저승꽃 같은 배 몇 척 불심검문이라도 하듯 나
타나
술잔 비우기도 전 돔배섬 너머 사라져 버린다
친구여, 아무리 마셔도 취하지 않고
우리도 저렇게 스쳐가는구나

먹구름

시인은 가슴에 몇 개의 먹구름을 안고 있다

자신도 모르게 만들어진 것이거나

스스로 만든 것이든지

아무리 하늘 높고 맑은 가을에도

그 먹구름의 요동으로 시는 기지개를 켠다

명옥헌

그림자가 그림을 그린다

연못은 도화지
배롱나무 꽃소식으로 목욕재계한
하늘이 물감이다

그런데
어디 있는가

자신을 물감으로 풀어
나를 그리던 손길은

시의 행간

산마을에는 산 그림자가 어둠을 실어 나르고
부엉이 울음이 마침표를 찍는다
나는, 저 그림자가 산 중턱에서 잠시 쉴 때
처음으로 울었다고 들었다 그 후
허공을 가로지르고 온
날개 없는 철새의 연착륙에 대해
아직까지 한 번도 누구에게 묻지 않았다
당신을 사랑하면서도 당신이
나보다 더 사랑하느냐고 묻는 것처럼
부엉이 울음이
첫닭울음과 어떤 동업 관계냐고
하마터면 물을 뻔했던 것처럼
세상엔 하지 말아야 할 질문이 더 많았다

오독

산에서는 해가 짧다, 는 말을
그만 혀가 짧다고 쓰고 말았다

채 오 분도 안 돼
프랑스에서 카톡이 날라 왔다

오! 멋진 시 감동이었어요

4부

오래된 악수

오래 전 내 작고 야윈 손에서 사라진 달

그 보름달이 시방 여기 있구나

내내 손 안에 있던 것

잃어버린 것은 달이 아니라

닳아져버린 촉감이었다

단풍

그리움이 걷잡을 수 없는 날이면 먼 산으로 간다

가슴 속을 채 내비치지 않았는데도
화상을 입은 걸까 갑자기 산 곳곳이 타들어 간다

그리움이 빛인데도
나는 어둠 속에 어둠보다도 더 깊이 숨어있었다

너를 그리워하는 건 아직 내가
빛과 함께 살고 있다는 가장 확실한 증거인 것을

오래된 항아리

고물상에서 옛 항아리를 사 왔다. 옛날 항아리가 발효가 잘된다고 한다. 씻고 또 씻고 다시 햇볕에 말리기를 대체 몇 차례나 반복하는 것일까. 어느 외딴집 장독대 주름잡던 된장 항아리였을까. 혹시 아버지가 밀주 단속 피해 외진 산중에서 소주 내리시던 것일까. 아무래도 저리 큰 것이 어느 대갓집 똥통이었는지도 몰라. 마알간 겉물은 상쇠 열두 발 화장 고치던 거울로 씌었을지 모르지만* 정작 진국은 자연발효 되어 가라앉은 똥오줌 거름. 그 속에서 무공해 청정채소가 낳고 자랐다. 그만 씻어요. 부활의 속 깊은 시간을 마저 지우진 말아요. 오래된 것들에겐 혼이 깃들어 있어요. 아차! 씻기 전에 가장 더러운 것에서 가장 깨끗한 게 나오는 비법부터 물었어야 했다. 이 땅은 얼마나 더 더러워져야만 깨끗해질 수 있는가를.

* 미당의 시 「상가수의 노래」를 변주함.

고목에게 당하다

애당초 산에 대해 시詩 나부랭이로 아첨 몇 번 했다고 산이 덥석 열외로 쳐주리라 생각한 게 실수였다 허락도 없이 무단 점거한 산길 알아서 가만가만 그리로만 다닐 일이지 태초의 언어만으로 저희끼리 잘 사는 숲에 벌써 특권이라도 주어진 양 오염 겹겹의 은유와 상징 몇 외워 함부로 끼어들었으니 그럴밖에 가시넝쿨 헤치다가 무심결에 잠복한 나무와 정면충돌하고 말았다 그것도 아예 풀죽은 고목 가지에게 된통 일격을 당했다 눈두덩이 부어오르고 피가 솟구쳤다 그러나 상처는 정확히 눈과 두덩의 경계에 딱 그치고 있었다 일촉즉발의 순간 눈꺼풀이 저를 바쳐 눈알을 오구감탕 감싼 것이다 어미가 새끼를 품듯 껍질이 알을 꼭 껴안은 것이다 참으로 잽싸고 갸륵한 충정이다 얼마나 놀라운 경비태세냐 좋다 오늘은 비록 낯가림 심한 산에게 징벌의 낯붉힘을 당한 터지만 그래도 내겐 혼신을 다해 제 몸을 감싸는 초병이 있다 그것을 확인했다 든든한 백이다 이제 산도 알 것이다

구수리 1

썰물 빠져나간 자리에
밀물은 밀려온다

이별이 먼저였고
사랑은 다음이었다

구수리 2

   그때, 너나없이 가난에 세 들어 사는 고향은 칠산바다가 온통 술도가인 듯 남녀노소 가릴 것 없이 술고래였다 아버지는 그 중에서도 단연 왕 고래이셨다 나는 아직도 속이 술술 풀려야 눈 질끈 감고 겨우 소주 반 병쯤 마신다 그래서 내 술은 음주가 아니라 약주라고들 놀린다 아버지는 그렇게 독약의 독은 당신이 죄 드시고 유산으로 내 속에 약만 슬쩍 담아 두셨다 그 약을 딱 한번 치사량 직전의 독일 때까지만 마시고 싶다 아버지가 그 속에 계실지 모른다

구수리 3

돌아가겠다고
이 땅의 가난이란 굴레를 함께 나눈 입들에게
내게 허락된 만큼의 젖을 물리고 나서
더 이상 짜 낼 한 방울조차 없을 때
이름도 없는 전장의 용병처럼 돌아가자고 했다
탄피 자국 선연한 수통에는
술이나 그득 채워서 호위무사로 끼고
포로처럼 가두어 온 낱말들은
낱낱이 훨훨 허공의 모이로 풀어 준 다음,
죽어서 오히려 살아난 경우처럼
때로 절망만이 살길이라며
그래도 내겐
돌아갈 곳이 있다고 큰소리치던 네 품으로
돌아가자고 했다
그러나 나는 너와 반대편
산자락에 남은 목숨의 둥지를 틀었다
고향은 멀어질수록 가깝고
바다는 산에서 보아야 잘 보이는 거라고

빈 술병 소리

쓰레기를 모아둔 베란다에서
이상한 소리가 났다
외딴 섬에서 들리는 것 같은
가늘고 긴 휘파람소리는
오래 전에 마시고 난
빈 술병에서 나는 소리였다
지나가던 바람이 그 독수공방을
잠시 달래주고 있었다
그동안 나는
심심하면 술술 술을 마시고
혼자만 취했을 뿐
빈 병의 깊고 차디찬 밤은
까마득 잊고 있었다 그리고는
날마다 그가
목마르게 부르는 소리를
바람소리로 착각해 온 것이다

한밤의 술

설사, 이 해맑은 술에
돌이킬 수 없는 독약을 탔다 해도
나는 그 잔을 기꺼이 마시겠다
너를 만나서
단맛과 쓴맛을 함께 한 것만으로도
시간의 의미는 충분했다
천사와 악마가 둘이 아니라는 것을
좀 더 일찍 알았더라면
너를 더 사랑할 수 있었을 텐데
생은 독배를 마시는 것
너와 함께 시방
최고로 독한
그것을 천천히 들이키고 싶다

잃어버리기도 쉽지 않다

지갑을 잃어버렸다
오랜만에 서울 나들이를 하려고 모아둔 돈이
새 주인을 찾아 달아났다
잠시 속이 쓰리더니 이내 잠잠해진다
내 것이 아닐 바엔
한시 바삐 남의 것으로 하는 게 편하기에
이왕이면 나보다도 더 요긴한 이에게 갔으면 좋겠다고
내심 빌다가
차라리 돈 많은 손이 거두기를 바랐다
행여 그 뜻밖의 유혹이 가난한 이들의 눈에 띄어
도둑처럼 마음 졸이다가 눈 질끈 감고 말 때
가뜩이나 누추한 행색에
어렵사리 지켜온 마음마저 누추해질 것을 상상하면
아찔하다 내 죄가 너무 크다

어머니가 꿈에 부르시다

등 뒤에서 아가, 하고 부르는 소리가
문득 악惡아!, 로 들린다

깜짝 놀라 뒤돌아보니 어머니는 저만큼 멀다

내 생生이라는 것이 겨우
어머니의 아가에다
된 받침 하나 더 붙여 온 건 아닐까

신발 속의 길

내 지나온 아득한 길이
너의 신발이 되어 내 부르튼 발등을 밟을 때
내 길은 새 신발 속에서 실종되고
너의 길이 내 길이 되는 통증은 누구의 것일까
젖과 젖몸살처럼 나란히 걷는 길

5부

적멸

이토록 깊은 산에
산의 중노릇하려 들지는 않았다
적막의 끝까지 가보자고
그러면 거기
죽음조차도 한낱 언어일 뿐인
소리의 중독에서 벗어나
처음이듯, 처음이듯
침묵하는 법을 돌이키자고 했다
그러니 어서
허공의 칼을 갈아
시간의 명치끝을 가를 일이다

복날

삼복더위 자동차 전용도로
코앞의 복날을 향해
개떼를 실은 트럭이 달리고 있다
그런데 그 중 두 마리
암수를 갈고리로 걸어 엮고는
몇 시간 째 꼭 붙어있다
천지가 온통 그 여백만 같다
너도 나도 기껏
죽음의 형장에 끌려가며
개 목줄처럼 아옹다옹하다니
그래 차라리
저 절절한 연리목에게
한 수 신나게 배울 일이다

아열대

태풍이 휘몰아치는 날은
태풍의 눈을 찾아 태풍이 그칠 때까지
지상에서 가장 잔잔한 음악을 듣고
사막에서 길을 잃으면
길이 보일 때까지
모래알을 사랑과 함께 세고 있을 터이니

화장실 시론

더러는 산중에 들었으니
시 좀 써지지 않겠냐고 부추긴다
그러나 나는
산에서는 시와 만나지 못하고
화장실에서 몇 편의 시를 건졌다
깊은 밤이나 이른 새벽
끙끙 앓아가며 숙변을 볼 때
난데없이 시상이 떠오르는 것이었다
마음을 비운다는 산에 와서는
그보다 뱃속을 비우며, 그 냄새가
생각의 저만큼 사라지는 순간
부리나케 시를 건질 수 있었다
그러니까 시는
화장실 변기구멍 속에 있었다
허긴 세상의 언어로 시를 쓰며
어찌 세상을 멀미난 듯이 떠나서
시를 구할 것인가 그런데
아직까지도
식탁에서는 시를 만나지 못했다
진수성찬일수록 더 그랬다

원죄

나 어릴 적
화가 나서 무심결에 돌팔매 하나 던졌는데요

아직도 떨어지지 않고
허공중천을 배회하는 것은 아닐까요

혜성의 긴 꼬리를 겨냥하거나

혹, 당신의 머리 위를 날고 있는지도 몰라요

그래서 깜짝깜짝
까닭도 모를 불안에 떨곤 하는가 봐요

먼 파도

　시간은 풍경을 가만 두지 않는다 풍경은 풍경을 지우며 풍경의 배후가 된다 사랑이란 풍경은 첫사랑과 그 이후의 사랑으로 나뉜다 사랑은 첫사랑을 원죄로 먹고 자라는 부유식물, 나는 낡고 외딴 상엿집 앞에서 첫 키스를 했다 그 때 그 애 입술에서는 싸한 양파냄새가 났다 그 후의 키스는 상엿집 앞에서 양파 껍질을 겹겹이 벗기며 그 매운 냄새를 재생하는 추억이라는 풍경의 배경에 지나지 않았다 실패한 풍경, 약속을 어긴 어간 없는 언어로 오늘도 사랑한다고 상엿집 앞 양파냄새 곤한 풍경을 여닫는가

음주론

　술이 너무 먹고 싶을 때는 오히려 술로부터 멀어진
다. 별로 마시고 싶지 않을 때에도 술자리를 피한다.
잊히지 않을 만큼 마시고 싶을 때만 일부러 술과 거래
를 한다. 그래야 술이 잘 먹힌다. 그때는 남들은 물론
나와도 아무런 시비를 하지 않는다. 그렇다고 술을 내
놓고 반기지는 않는다. 다만 냉대하지 않을 뿐이다. 자
칫 그 엄청난 인류의 축배가 나로 인해 맥이 끊겨선 안
될 것 같아서다. 그렇게 술과 나는 멀고도 가까운 관계
를 의좋게 지켜 간다. 술이나 나나 중독을 피해 온 일
련의 묵시적 협약이다. 술도 내게 상사想思의 곤혹을
앓기는 싫은가 보다.

추석

산채에서 달을 맞는다
고요 속의 고요가 시리게도 희다 헌데
정작 내 안에 적멸보궁을 두고
괜히 먼 시새움이라니
참으로 모를 일이라고 달이 통째로 웃는다
문득 안팎이 일시에 정전이다

술 내리는 소리

아버지는 징용을 피해 술을 내리려고
더 갈 데 없이 으슥한 산중에 들었다
그러나 밀주단속 탓에 술도가는 접고
대신 망망대해의 술고래가 되셨다
육자배기 몇 순배 후면
아버지는 한밤중 술 내리는 소리가
세상에서 제일 아름다운 음악이라고 했다
손수 술을 빚으면서도 그 소리는
하늘이 내리는 소리라고 했다 그리고
그 소리를 낳기 위해
술을 내리는 대신 밤낮으로 마시며
평생 쉰 목청 가다듬어보았지만 끝내
풍찬 실어失語만 유언으로 남기셨다
나는 술을 내리지도
그렇다고 잘 마시지도 못하고
대신 시를 쓴다
이 산중에 들어와 한밤중에 시를 쓴다
어떻게 하면
아버지가 못 내린 술과

술 내리는 소리를 시詩로 빚을까
아버지가 온몸으로 앓다 가신
그 천상의 소리를 담기 위해
더는 갈 데 없이 깊은 밤
적막의 최저음에 귀를 바싹 조인다

환청

이른 봄 산책길에 문득
밤이 너무 깊어, 라는 소리가 들렸다

아무도 없었다

분명 내 입에서 나온 소리였다
그러나 나는
결코 그런 말을 하지 않았다

인간이 혀를 물고
신의 언어를 반납하는 시간

누구일까 그리고
하필 내 입을 빌렸을까

산에서 내려와
아스팔트길을 걷는 오후였다

가등

밤이 낮보다 더 밝다 이 골목은
등이 갈라진 돌솟대 하나
취객의 지팡이이다가
반쯤 찢어진 심인尋人 벽보만
울다가 자는 아이처럼 업혀있다
밀린 파도조차 잠든 바다
등대 홀로 서서
꺼질 줄 모르는 천형의
빛을 껴안은 채 섬이 되고 있다
서로에게 밖에는
돌아 갈 곳 없는 두 연인이
나를 너에게 파묻어
밤과 낮처럼 한몸이 되어 있다

내가 가는 길에는 새들이 많다

그러니까 길은 울음과의 동행인가

풀벌레 울고 첫닭이 울고
청개구리 울고
바람결에 늙은 갈대숲 우우 우는

그러나 한 번도 그들에게
그게 울음이냐고 물어보진 못했다

처음으로 만난 샛강과 샛강이
바닷길도 잊은 채 소곤거리는 것을
굳이 흐느껴 운다고 한 것처럼

그러니 호젓한 길
청 하늘에 목을 씻어 노래하는
새들은 또 얼마나 억울할 것인가

이제라도 길을 다시 시작해야겠다
〉

귀 젖은 말[읊]부터 갈아타고
저 이름도 다 모르는 새들과 함께
새삼 노래하는 길을 가야겠다

말의 낭비를 경계하는
독설의 팡세

이화경(소설가)

1. 글 쓰면서 미치기에 좋은 곳, 세설원

어느 구석에서도 글이 써지지 않을 때면, 언제나 세설원洗舌園에 가곤 했다. 사람이 그리워지면 담양 대덕면으로 달려가곤 했다. 먼 길 내다보며 울던 어린 날의 못된 버릇, 잘 쓰지도 못한 글을 버리지 못한 버릇 못고치며 내달렸던 길 끝엔 세설원의 푯말이 서있었다. 소설쟁이라 거짓말을 일삼는 혓바닥의 가차 없는 불행과 거짓말의 캄캄한 심연을 누구보다 속 깊게 이해해주는 시쟁이 김규성이 있는 곳이기도 했다. 가면 여름이었는지, 여름이라서 간 것인지는 알 수 없지만, 세설원에 머물 때면 언제나 여름이었다. 글 쓰면서 미치기에 좋은 계절이었다.

보랏빛 수국이 끼끗하게 피어있는 마당가, 질 좋은 뙤약볕을 받아 내부에서 뜨겁게 발효하고 있는 수십 개의 항아리가 좌정하고 있는 안뜰, 무너진 담장 너머로 쏟아질 듯 흐드러진 능소화가 있는 건넛마을, H시인이 젊은 날에 기거했지만 지금은 허물어진 빈 거처 앞의 불행한 빛의 배롱나무 꽃들이 있는 쇠락한 유가의 정원, 비 갠 도로에 잠긴 역청빛 구름들, 산책 삼아 나온 길가의 한 병원에 갇힌 치매와 알코올 중독과 정신 분열에 걸린 뜨거운 존재들의 한낮…… 글 쓰면서 미치기에 좋은 곳이었다.

"다른 모든 곳에서 실패한 자들이 마지막으로 모여드는 데가 문학이다"라고 말한 이는 로맹가리였던가 고종석이었던가. 다른 모든 곳에서 실패한 자가 마지막으로 글을 쓰기 위해 모여드는 데가 세설원이라고 바꿔 말해도 무방할 듯싶다. 세설원 골방에서 글에 파묻힌 하루하루는 고요하고 다정하고 깨소금 쏟아지는 것처럼 고소했다. 글이 안 써져도 괜찮다고 토닥여주는 것만 같은 맛깔나고 재미진 음식으로 가득 찬 세 끼 밥상을 시인의 아내가 차려주고, 촌장 겸 시인은 웅숭깊은 응시로 응원해주는 곳이 세상 천지에 어디 있단 말인가.

그럼에도 재능 없고 진득한 인내심도 없는 소설쟁이가 글 쓰다 미쳐 날뛰다 못해 급기야 골방에서 뛰쳐나

가서 캄캄한 밤에 촌장 겸 시인의 거처 앞을 돌아댕기곤 했으니…… "미쳐도 곱게 미치셔야지요"라고 지청구 한 마디 건넬 법도 하건만, 시인 김규성은 "술이 고프면 문을 두들겨서 달라고 하지 그랬어요"하고 애틋한 목소리로 위로했다. 그 위로의 말씀 덕분에 적당히 미친 채로 한 문장씩 겨우겨우 써낼 힘을 얻었다. 밥값도 술값도 방값도 안 받으신 시인 김규성의 하해와도 같은 은혜를 갚을 길을 찾지 못하다가, 이번에 상재한 귀한 시집의 발문을 쓰게 될 기회를 얻었다. 세설원에서 글을 쓰셨던 수많은 강호제현江湖諸賢님들과 글발 좋고 인성 좋은 고수님들 대신에 불민하기 짝이 없는 소설쟁이가 발문을 쓴다는 사실만으로도 버겁고 눈물겹다. 다만 바라건대, 김규성 시인의 귀한 시편들에 누가 되지 않기만을.

2. '픔' 혹은 '품'의 기원을 찾아서

시간은 풍경을 가만 두지 않는다 풍경은 풍경을
지우며 풍경의 배후가 된다 사랑이란 풍경은 첫사랑
과 그 이후의 사랑으로 나뉜다 사랑은 첫사랑을 원
죄로 먹고 자라는 부유식물, 나는 낡고 외딴 상엿집

앞에서 첫 키스를 했다 그 때 그 애 입술에서는 싸한
양파냄새가 났다 그 후의 키스는 상엿집 앞에서 양
파 껍질을 겹겹이 벗기며 그 매운 냄새를 재생하는
추억이라는 풍경의 배경에 지나지 않았다 실패한 풍
경, 약속을 어긴 어간 없는 언어로 오늘도 사랑한다
고 상엿집 앞 양파냄새 곤한 풍경을 여닫는가

—「먼 파도」 전문

그에게 "사랑은 첫사랑과 그 이후의 사랑"으로 나
뉘며, 이후의 사랑은 "첫사랑을 원죄"로 먹고 부유한
다. "낡고 외딴 상엿집 앞"에서의 "첫 키스"는 "싸한 양
파냄새"가 났는데, 그 이후에 이루어진 키스들은 그저
"매운 냄새를 재생하는 추억"의 다른 버전일 뿐이다.
화이트헤드는 유럽철학의 전통은 플라톤에 대한 일련
의 각주라고 했던가. 화이트헤드의 말을 빌리자면, 이
제껏 그의 사랑들은 첫사랑에 대한 일련의 각주들인
것이었다. 항용 인간의 "시간은 풍경을 가만 두지 않"
는 서글픈 풍화를 겪을 수밖에 없는 바, 아직 사랑의
간계奸計를 몰랐던 청년은 앞으로 닥칠 미래의 사랑들
에 대한 오디세이아를 써나갈 시인으로 성장한다.
　시인은 "길의 중심에 심 박힌 생의 결사結社를 잊
고 걸핏하면 외따로 길섶에서 녹슨 시간의 결에만 결
사적決死的"이고, "제동거리도 없는 내리막을 얼떨결

에"(「결」) 미끄러지는 삶을 살면서도 구수리에 닿아서는 사랑의 패러독스에 대한 절창을 끝내 토해내고야만다.

> 썰물 빠져나간 자리에
> 밀물은 밀려온다
>
> 이별이 먼저였고
> 사랑이 다음이었다
>
> ―「구수리 1」 전문

  첫사랑이 시작되었으리라 짐작되는 고향 바다 앞에서 흰머리 성성한 초로의 시인이 된 사내는 깨닫는다. 사랑보다 이별이 먼저였다는 걸, 이별이 먼저고 사랑이 다음이었다는 걸. 이별하기 위해 사랑을 하고, 사랑은 이별을 전제할 때라야 영원하리라는 "약속을 어긴 어간 없는 언어로 오늘도 사랑한다"(「먼 파도」)고 절박하게 말할 수 있음을. 상엿집 같은 이승의 삶에서 고향과도 같은 사랑으로 돌아오기가 왜 그리도 힘들었는지, 영원한 그리움이 되기 위해서라도 사랑은 반드시 이별로 쓸려가야 하는지를.
  그는 "때로 절망만이 살길이라며 / 그래도 내겐 / 돌아갈 곳이 있다고 큰소리치던 네 품으로 / 돌아가자고" 다짐했건만, 비로소 "나는 너와 반대편"에 있고 "고향은 멀어질수록 가깝고 / 바다는 산에서 보아야 잘 보이는 거"(「구수리 3」)라는 뼈아픈 통찰에 이르게 된다.

　기실, 김규성 시인의 시편들은 첫사랑뿐만 아니라 고향 등과 같은 어떤 기원(혹은 뿌리)에 대한 기묘한 강박을 보이고 있다. 흠잡을 데 없는 기품을 지닌 선비 같은 분위기에 예민하고 내성적인 성품으로 보이는 시인은 왜 그토록 어떤 기원에 절박하게 매달리고 있는 걸까. 그에게 기원은 '품' 혹은 '픔'의 다른 말이기도 한 듯하다.

　'품'의 사전적 의미들은 윗옷의 겨드랑이 밑의 가슴과 등을 두르는 부분의 넓이, 윗옷을 입었을 때 가슴과 옷 사이의 틈, 두 팔을 벌려서 안을 때의 가슴, 따뜻한 보호를 받는 환경 등이 있다. 시인에게 '품'은 자식을 우주처럼 여기며 '온몸으로 감싸는 어미'(「간병일기 1」)이자 태어나게 하고 자라게 하는 자궁이며 생명의 기원이다. 하지만 그 기원은 슬프고 아프다. 심지어 배고프기까지 하다.

　그의 시들은 슬픔과 아픔과 배고픔으로 이루어진 '픔'의 은유적 구조물이다. 아프다, 고프다, 슬프다는 몸의 상태나 감정의 상태를 나타내는 말이다. 세 단어는 뜻이 각기 다르지만 형태상으로는 '프다'를 공유하

87

고 있다. 이 단어들은 각각 '앓다', '곯다', '슳다'의 기원을 갖고 있다. 병이 나서 괴롭고 편찮게 지내기에 아프고, 배 속이 비어서 고프고, 사랑하는 대상을 상실하기에 슬프다. 시인의 시편들은 '픔'들을 '품'으로 끌어당긴다.

품, 품는다는 말
어미가 우주를 온몸으로 감싸는 품
나도 그 품에서
알토란지게 태어나 자랐다 그러나
이제 품 밖의 타인이 되어
그 품을 끌어안다가
채 품지 못하고
뼈만 남은 품에 쓰러져 운다
어머니를 품는 것은 우주를 품는
어마어마한 사실을 몰랐다
품은 언어가 아니다
어미가 알을 품는 최적의 온도
우주의 체온이다

—「간병일기 1」전문

품이라는 소리
이 땅에서

배고픔
슬픔
아픔의 뿌리는 무엇일까 그것은
뜻이 아니다
안에서
안에서 솟구치는
말 이전의
다만 소리다

―「품」 전문

그의 시편들에서 저간의 사정을 살펴보건대, "너나 없이 가난에 세 들어 사는 고향은 칠산바다가 온통 술도가"(「구수리 2」)였는데, 그의 아버지는 그중에서도 단연 왕 고래였다. 젊었던 "아버지는 징용을 피해 술을 내리려고 / 더 갈 데 없이 으슥한 산중에 들었다 / 그러나 밀주단속 탓에 술도가는 접고 / 대신 망망대해의 술고래가 되"(「술 내리는 소리」)었다. 풍찬노숙으로 점철된 아버지는 그예 온몸으로 앓다 평생 쉰 목청으로 실어만 유언으로 남기고 생을 마감하셨다. 아버지의 아들은 "아버지가 못 내린 술과 / 술 내리는 소리를 시"로 빚고자 "아버지가 온몸으로 앓다 가신 / 그 천상의 소리를 담기 위해 / 더는 갈 데 없이 깊은 밤 / 적막의 최저음에 귀를 바싹 조인다"(「술 내리는 소리」).

하지만 남편을 잃고 칠산바다에 이는 격랑 같은 삶을 붙들고 자식들을 건사했을 어머니의 간난신고의 인생은 속 깊은 아들에겐 자신의 존재마저 악惡으로 느껴질 만큼 고통스럽다.

　　　등 뒤에서 아가, 하고 부르는 소리가
　　　문득 악惡아!, 로 들린다

　　　깜짝 놀라 뒤돌아보니 어머니는 저만큼 멀다

　　　내 생生이라는 것이 겨우
　　　어머니의 아가에다
　　　된 받침 하나 더 붙여 온 건 아닐까
　　　　　　　　　　　—「어머니가 꿈에 부르시다」 전문

　"어머니의 아가에다 / 된 받침 하나 더 붙여 온"것이 자신의 생이라는 시구에서는 시인의 도저한 비관주의가 엿보인다. 비극적인 인간에게서만 감정의 깊이를 깨달을 수 있다던 말을 한 이는 프리드리히 니체였던가. 시인의 비관주의는 핏줄인 형의 참혹한 절명을 두고 더 깊어진다.

사흘 굶으면 이웃의 담을 넘지 않은 이 없다고 했던가. 나는 꼬박 이틀은 굶어 보았다. 이틀만 굶어 보았기에 사흘 굶으면 이웃집 담을 넘는지는 알 수 없다. 그때 나는 굶주린 몸으로 학교에 가겠다고 떼를 썼다. 형은 호주머니에서 꼬깃꼬깃 깊은 숨 몰아쉬는 오십 원을 꺼내주고 다시 배를 깔고 누웠다. 그 돈으로 나는 풀빵을 사먹고 이십 리 길 학교에 갔다. 형보다 세 살 적은 그러니까 내가 열한 살 때였다. 그렇게 황홀한 풀빵 두 개로 내 굶주림의 기록은 깨졌지만 형은 마저 하루를 더 굶어 마침내 사흘을 채웠다. 그러나 차마 이웃집 담을 넘지는 못했다. 그 후 형은 그 주린 배를 채우려 자본주의 일엽편주에 이명과 만성피로증후군을 태우고 한겨울 망망대해를 항해했다. 그러다 이윽고 작달비 만나처럼 쏟아지는 새벽 지친 몸을 고층아파트 허공에 실었다. 그런데 그 직전, 형은 밥을 평소보다 곱절이나 더 먹었다고 한다. 끝내 이웃집 담을 넘지 않기 위해서였을까. 아니면 낯선 저승길이나마 배불리 가려는 오랜 준비였을까. 오늘은 형 제삿날, 여전히 비는 쏟아지는데 아직도 풀빵은 내 뱃속을 맴돌고 형과 그런 형을 보낸 내가 미처 넘지 못한 세상의 담은 갈수록 높기만 하다.

—「풀빵」 전문

3. 말의 낭비를 경계하는 독설의 팡세

물론 한 인간을 그의 생애에 대해 아는 사실의 편린들로 축소할 수는 없다. 그럼에도 시인이 시에 풀어놓은 삶의 곡절들은 의외로 파란만장하다. 시인의 시편들을 읽어보거나 불연속적으로나마 옆에서 살펴본 바로는 김규성 시인은 삶의 스킬이 별로 없다. 시인의 아내가 천지의 귀한 식물들을 발효시키기 위해 애지중지하며 보듬고 살피는 항아리를 구해다가 씻고 또 씻고 다시 햇볕에 말리는 데 일손을 보태다가도 "그만 씻어요. 부활의 속 깊은 시간을 마저 지우진 말아요. 오래된 것들에겐 혼이 깃들어 있어요"(「오래된 항아리」)라는 지청구를 듣고서야 "아차!"할 정도다.

일상을 단속하는 데도 허방이다. "오랜만에 서울 나들이를 하려고 모아둔 돈"이 들어 있는 지갑을 잃어버려놓고도 "이왕이면 나보다도 더 요긴한 이에게 갔으면 좋겠다고"(「잃어버리기도 쉽지 않다」) 내심 빌기조차 한다. 심지어 늘 오르던 산에게도 당한다. "가시넝쿨 헤치다가 무심결에 잠복한 나무와 정면충돌"하고 "그것도 아예 풀죽은 고목 가지에게 된통 일격을 당"하기까지 해서 "눈두덩이 부어오르고 피가 솟구"쳐도 "일촉즉발의 순간 눈꺼풀이 저를 바쳐 눈알을 오구감탕감"(「고목에게 당하다」)쌌다며 눈꺼풀에 갸륵해할 지경이니 먹물깨나 먹은 시인의 좌충우돌의 내공이 만만치

않아 보인다.

엽렵치 못해 보이는 시인의 일상 분투기는 일면 유머러스하게 느껴지지만 오직 문학적 진실함으로 두려움 없이 수백 편의 시를 공들여 써낸 치열성은 다시금 그의 정체성에 대해 진지하게 돌아보도록 한다. 시에서 헤어 나오지 못하는 이들이 항용 일상을 관념적이고 추상적으로 끌고 가는데 반해, 김규성 시인은 환멸과 비루함과 지루함으로 점철된 일상의 징글징글한 구체성에 복무한다. 그는 자신의 일상 안에서 시를 길러오되, "코앞의 복날을 향해" 갈고리에 묶인 "개떼"(「복날」) 같은 목숨의 처참한 지경을 성실하게 참조한다.

시인임에도 "겹겹의 은유와 상징 몇 외워 함부로 끼어"(「고목에게 당하다」)드는 걸 경계하는 그는 '말의 낭비'를 혐오하는 독설의 팡세다.

돌이켜 보면
가진 것 중 말의 낭비가 가장 많았다
지키지 못한 첫사랑과의
그 달콤한 은유보따리부터 시작해
사랑한다는 말도
사랑의 서너 배는 더 한 것 같다
별 볼일 없는 제 자랑이며

남 말에는 또 얼마나 침이 튀었는가
심호흡으로 연명하시는
어머니 머리맡에 쭈그리고 앉아
저 호흡 하나에도 채 미치지 못하는
부질없는 말들이 부끄러워서
숨죽여 울다보니 어느새
울음 속에도 말의 거품이 끼어있다

—「간병일기 2」 전문

"심호흡으로 연명하시는 / 어머니 머리맡에 / 쭈그리고" 앉아서 시인은 "저 호흡 하나에도 채 미치지 못하는 / 부질없는 말들이 부끄러워서 / 숨죽여 울다"가 "울음 속에도 말의 거품이 끼어있다"는 참으로 불편하기 짝이 없는 자각을 한다. 심호흡만으로 그저 연명만 하시는 어머니 머리맡을 지키는 시인은 애절함과 더불어 결국은 타인의 고통일 수밖에 없는 어머니와의 거리를 힘들게 견지한다. 고통의 순간에도 함몰되지 않는 자신의 불편한 인식을 붙드는 대쪽 같은 강박! 어쨌든 어머니가 생과의 계약을 끝내려고 하고 있음을 알아차린 그 순간에도 그는 민감함을 유지하려고 한다. 멀쩡할 수 없는 순간에도 멀쩡하고자 하는, 멀쩡하고 싶은, 멀쩡할 수밖에 없는 명징한 자의식의 불행함이여.

"공자는 곧 죽으리라는 것을 알고 울었다. 사람은 누구나 몸이 있다. 몸은 모두 죽는다. 당신의 몸도 그런 몸이다."

네 개의 문장 속에는 글쓴이의 어떤 감정적 동요도 느껴지지 않는다. 데이비드 실즈의 『우리는 언젠가 죽는다』라는 책은 몸을 가진 인간 실존의 가엾음과 위대함을 기록한다. 출생과 죽음 사이에서 인간은 존재한다. 죽은 자는 살아 있을 수 없고, 산 자는 죽어 있을 수가 없다. "죽고자 하는 자는 살 것이고, 살고자 하는 자는 죽을 것이다"라는 문장은 삶의 의지를 표현하는 수사적 표현일 수는 있으나 돌이킬 수 없는 죽음의 목전에선 공허한 외침에 불과하다. 생사의 이 간명한 틈 사이에서 무엇을 할 것인가.

"울음 속에도 말의 거품이 끼어"(「간병일기 2」) 있음을 알았어도, "형 죽고 나서 지상에서 가장 낮은 음으로 이승과 저승의 경계를 옹알이 하시는 어머니"(「줄탁 2」)에게로 귀향하는 길을 그는 선택한다.

대개는 객지에서 밀려난 백수들이
할 수 없이 부르튼 발길을 되돌리는 것이
이를테면 허울 좋은 귀향이다
내 고향은 영광 백수

나는 아직도 몸은 백리 밖에 묶어두고
영광스럽게도 그 이름만 백수로 돌아왔다
이 눈치 저 눈치에 지치면
아내가 하는 일거리를 거든다고 설치다가
걸핏하면 퉁사리를 먹기 일쑤였다
명색이 백호白虎의 기운을 타고난
백수의 왕이 그 모양이었다
그런데 지금은 그래도 어엿한 직장인
이름 하여 간병인이다 어머니가
사십구일 째 중환자실에 칩거 중이셔서
나는 아내도 누이도 조카들도 다 내쫓고
호랑이처럼 어머니 곁을 지킨다
행여 이 자리를 빼앗길까 두려워서다
하여, 어머니가 오래 사셔야
나도 그만큼 떳떳이 자리보전할 터인데
머리가 하얀 밤은
법성포 토정에도 도무지 취하지 않고
내 고향은 영광 백수다

―「귀향일기」 전문

"알토란지게 태어나 자"란 품으로 돌아왔건만, 이제
는 "뼈만 남은 품에 쓰러져"(「간병일기 1」) 그는 운다.
비록 울지언정 "사십구일 째 중환자실에 칩거 중"인
어머니 곁을 그는 "호랑이처럼" 지킨다. 그리하여 "어
머니를 품는 것은 우주를 품는"것이라는 "어마어마한

사실"을, "어미가 알을 품는 최적의 온도"가 바로 "우주의 체온"(「간병일기 1」)이라는 것을 그는 깨닫는다. 동시에 '품'은 '언어'가 아니라는 사실도. 품은 언어가 아니라는 사실에 대한 인식은 시인이 슬퍼하는 데서 기인한다. 아울러 고향과도 같은 어머니의 '품'으로 돌아왔으나 "허울 좋은 귀향"임을 통절하게 받아들인다.

자신의 존재 기원이었던 어머니의 품을 이제는 영원히 떠나보내야만 하는 상황에 직면한 그는 본디 슬픔의 기원이기도 했던 품의 흔적을 아프고도 따스하게 어루만지고 있다. 시인은 "아내도 누이도 조카들도 다 내쫓고" 홀로 어머니를 지킨다. 그 누구와도 나눌 수 없는 슬픔의 자폐적인 속성을 담담히 받아들인다. 그럼에도 그의 슬픔은 고통이기도 해서, 고통은 공유하기가 불가능한 무엇이기에 언어는 분쇄되고, 그는 "걸어온 길 끊어, 버리며"(「노루목적벽」) 온 그답게, "허공을 가로지르고 온 / 날개 없는 철새의 연착륙에 대해 / 아직까지 한 번도 누구에게 묻지 않았"(「시의 행간」)던 그답게, 책무를 다한다. 그의 시적 재능과 미학적 아름다움은 바로 이런 윤리적 책무에서 비롯된다.

4. 빗방울의 추락이 황홀하다

　　虛허의 심연에 이르기 위해서는 추락의 거리와 통
절痛切의 상처가 필요하다고 들었다. 허나 거기서 부
터가 중요했다. 벌거벗은 주어의 토씨 하나까지도
다 잃어야 했다 잃어 버려야 했다. 천길 벼랑 끝에서
허공에 발 내딛지 않고도 虛허에 이를 수 있다지만
비우고 나서도 비운 사실조차 없어야 했다. 그것을
虛허의 마지막 의식儀式이 끝나기 전, 진물 곤한 상처
가 아물기도 전에 벌써 채우려들다니. 無무에 전입신
고도 않은 채 몸짓만 극과 극을 오락가락하는 虛허
의 상처는 혹독했다. 멀리 갔다 온 괘종시계일수록
반동의 메아리가 소란했다. 그랬다 세상에서 가장
깊고 아름다운 춤을 위해 虛허와 無무는 꼬옥 짝해
야 했다. 허무虛無 그 천혜의 자궁에서 비로소 나투
는 감미롭고 뜨거운 춤사위, 허무虛舞야말로 생의 첫
율동이었다.

—「허무虛舞」전문

　시인 김규성은 바야흐로 "虛허의 심연에 이르기" 위
해 "벌거벗은 주어의 토씨 하나까지도 다 잃어"버리
기로 한다. 세상의 '품'과 '픔'의 기원마저도 다 던져버
리고 "천길 벼랑 끝에서 허공에 발 내딛지 않고 虛허"

98

에 이르기 위해 "비우고 나서도 비운 사실조차" 없애려 한다. 그의 마음을 뒤흔들었던 관계와 통절의 상처는 이전의 세상 것으로 돌리고 다른 세상으로 전입신고를 하려 한다. "허무虛無 그 천혜의 자궁에서 비로소 나투는 감미롭고 뜨거운 춤사위"를 다시 맞이할 생에서 추려 한다. 존재를 호명하기 위해 필수적이어야 할 주어마저 잃어버리기로 한 까닭은 무엇일까.

마르께스의 작품인 『백 년의 고독』에서 어린 소년 아우렐리아 부엔디아가 난생처음 보고 신기해했던 것은 서커스단 집시들이 가져온 '펄펄 끓고 있는 얼음'이었다. 얼음인데 펄펄 끓고 있다니, 이보다 더 형용모순 덩어리가 어디 있겠는가. 시인 김규성이 추고자 하는 '허무虛舞' 역시 이승도 저승도 아닌 "천혜의 자궁"의 공간에서 이루어지는 것이니, 형용모순의 극치가 아닌가.

「허무虛舞」를 곱씹어 읽어보노라면, 『전등록』에 나온 "영양이 뿔을 건다"라는 문장을 떠올리지 않을 수 없다. 설봉존자가 비유로 이끌고 온 영양은 뿔이 둥글게 굽은 양이다. 영양은 잠을 잘 때면 외부의 공격을 피하기 위해 둥글게 굽은 뿔을 나뭇가지에 걸고 허공에 몸을 매달고 잔다고 한다. 하여 영양의 발자취만 보고 뒤를 쫓다보면 영양은 보이지 않고 허공만이 보일 뿐이니, 시인 김규성이 추고자 하는 춤을 따라 가보면 그곳엔 '허虛와 무無'만 있을 터. 아뿔싸! 시의 지취旨趣는 독자를 이토록 무시무시한 낭떠러지로 이끌 수도 있는 것이었구나.

품을 끌어안고 곁을 지키던 다정한 시인은 이제 사랑도 버리고 스스로를 벼랑으로 재우쳐 몰고 간다,

> 이제 외롭다는 말은 취소한다
> 사랑아,
> 너 없이도 여기까지 홀로 와서
> 적멸寂滅의 벼랑
> 줄기뿐인 억새와 함께 우뚝 섰다
>
> ──「구수산」전문

말의 낭비를 경계하는 것도 모자라 "포로처럼 가두어 온 낱말들은 / 낱낱이 훨훨 허공의 모이로 풀어"(「구수리3」) 버리고 "허공의 칼을 갈아 / 시간의 명치끝"(「적멸」)을 가르려 한다. 언어에 대한 자멸적인 거세 욕망은 어디에서 비롯한 것일까. 저간의 사정을 알 수 없으니, 두렵기조차 하다.

> 이토록 깊은 산에
> 산의 중노릇하려 들지는 않았다

적막의 끝까지 가보자고
그러면 거기
죽음조차도 한낱 언어일 뿐인
소리의 중독에서 벗어나
처음이듯, 처음이듯
침묵하는 법을 돌이키자고 했다
그러니 어서
허공의 칼을 갈아
시간의 명치끝을 가를 일이다

— 「적멸」 전문

　적멸, 허무, 허공중천, 적멸보궁, 적막……. 세속에 찌든 독자 입장에서는 혜량하기 힘든 단어들이 칼날처럼 시편 곳곳에 꽂혀져 있다.
　시인의 표면적 진술만 훑어보는 독자는 시를 읽을 자격이 없다던가(정민). 시의 비의와 함축적 상징을 읽어내는 총명은 눈과 귀에 있는 것이 아니라 오직 한 조각 영각靈覺에 있다던가. 세상의 온갖 말들을 추스르고 건지면서 겨우겨우 문장을 써대는 소설쟁이가 선시禪詩 같기도 하고 아포리즘 같기도 한 시편들에 한 마디 거들겠다고 나선 것부터가 어불성설이었던 게다.
　라이너 마리아 릴케는 「무함마드의 소명」이란 시에서 문맹文盲이었던 무함마드가 그의 은신처에 강림한

천사가 강압적으로 건넨 종이 위의 글을 읽어낸 뒤 대예언가大豫言家가 된 정경을 묘사한다. 어쩌면 시詩를 읽어내는 일은 불꽃처럼 환하고 백지처럼 순수한 타인의 함축적이고도 매혹적인 계시를 이해해야만 하는 문맹의 참혹한 고통과 같은 것일지도 모른다. 환하지만 해독할 수 없기에 문맹에겐 너무 어둡고, 백지처럼 보이기에 아무리 더듬어도 깨칠 수 없다는 점에서 말이다. 불꽃에 다가갔다가 완전 연소는커녕 자칫 그을린 이해가 되기 십상이고, 끝내 깨칠 수 없어서 오독할 수밖에 없는 게 모자란 소설쟁이의 독해讀解이리라.

그러니, 부디 시인이여. "귀 젖은 말[言]부터 갈아타고 / 저 이름도 다 모르는 새들과 함께 / 새삼 노래하는 길"(「내가 가는 길에는 새들이 많다」)로 가시길.

시간에는 나사가 있다

1판 1쇄 발행	2019년 11월 20일
1판 2쇄 발행	2020년 3월 13일

지은이	김규성
발행인	윤미소
발행처	(주)달아실출판사

책임편집	박제영
디자인	안수연
마케팅	배상휘

주소	강원도 춘천시 춘천로 17번길 37, 1층
전화	033-241-7661
팩스	033-241-7662
이메일	dalasilmoongo@naver.com
출판등록	2016년 12월 30일 제494호

ISBN 979-11-88710-49-2 03810

* 이 도서의 국립중앙도서관 출판예정도서목록(CIP)은 서지정보유통지원시스템 홈페이지(http://seoji.nl.go.kr)와 국가자료공동목록시스템(http://www.nl.go.kr/kolisnet)에서 이용하실 수 있습니다.(CIP제어번호 : CIP2019039322)
* 잘못된 책은 구입한 곳에서 바꿔드립니다.
* 책값은 뒤표지에 표시되어 있습니다.